檸檬

梶井基次郎＋げみ

初出：「青空」１９２５年１月創刊号

梶井基次郎

明治34年（1901年）大阪府生まれ。同人誌「青空」で活動するが、少年時代からの肺結核が悪化。初めての創作集『檸檬』刊行の翌年、31歳の若さで郷里大阪にて逝去した。

絵・げみ

平成元年（1989年）兵庫県三田市出身。京都造形芸術大学美術工芸学科日本画コース卒業後、イラストレーターとして作家活動を開始。数多くの書籍の装画を担当している。画集に『げみ作品集』がある。

えたいの知れない不吉な塊が私の心を始終圧えつけていた。焦躁と云おうか、嫌悪と云おうか――酒を飲んだあとに宿酔があるように、酒を毎日飲んでいると宿酔に相当した時期がやって来る。それが来たのだ。これはちょっといけなかった。結果した肺尖カタルや神経衰弱がいけないのではない。また背を焼くような借金などがいけないのではない。いけないのはその不吉な塊だ。

以前私を喜ばせたどんな美しい音楽も、どんな美しい詩の一節も辛抱がならなくなった。蓄音器を聴かせて貰いにわざわざ出かけて行っても、最初の二三小節で不意に立ち上ってしまいたくなる。何かが私を居堪らずさせるのだ。それで始終私は街から街を浮浪し続けていた。

何故(なぜ)だかその頃私は見すぼらしくて美しいものに強くひきつけられたのを覚えている。風景にしても壊れかかった街だとか、その街にしてもよそよそしい表通りよりもどこか親しみのある、汚い洗濯物が干してあったりがらくたが転してあったりむさくるしい部屋が覗いていたりする裏通りが好きであった。雨や風が蝕(むしば)んでやがて土に帰ってしまう、と云ったような趣(おもむ)きのある街で、土塀が崩れていたり家並が傾きかかっていたり——勢いのいいのは植物だけで、時とすると吃驚(びっくり)させるような向日葵(ひまわり)があったりカンナが咲いていたりする。

時どき私はそんな路を歩きながら、ふと、そこが京都ではなくて京都から何百里も離れた仙台とか長崎とか——そのような市へ今自分が来ているのだ——という錯覚を起そうと努める。私は、出来ることなら京都から逃出して誰一人知らないような市へ行ってしまいたかった。第一に安静。がらんとした旅館の一室。清浄な蒲団（ふとん）。匂いのいい蚊帳（かや）と糊（のり）のよくきいた浴衣。そこで一月程（ほど）何も思わず横になりたい。希（ねが）わくはここがいつの間にかその市になっているのだったら。——錯覚がようやく成功しはじめると私はそれからそれへ想像の絵具を塗りつけてゆく。何のことはない、私の錯覚と壊れかかった街との二重写しである。そして私はその中に現実の私自身を見失うのを楽しんだ。

私はまたあの花火という奴が好きになった。花火そのものは第二段として、あの安っぽい絵具で赤や紫や黄や青や、様ざまの縞模様を持った花火の束、中山寺の星下り、花合戦、枯れすすき。それから鼠花火というのは一つずつ輪になっていて箱に詰めてある。そんなものが変に私の心を唆(そそ)った。

それからまた、びいどろという色硝子（ガラス）で鯛や花を打出してあるおはじきが好きになったし、南京玉（なんきんだま）が好きになった。またそれを嘗（な）めて見るのが私にとって何ともいえない享楽だったのだ。あのびいどろの味程（ほど）幽（かす）かな涼しい味があるものか。私は幼い時よくそれを口に入れては父母に叱られたものだが、その幼時のあまい記憶が大きくなって落魄（おちぶ）れた私に蘇（よみがえ）ってくる故だろうか、全くあの味には幽（かす）かな爽（さわや）かな何となく詩美と云ったような味覚が漂って来る。

察しはつくだろうが私にはまるで金がなかった。とは云えそんなものを見て少しでも心の動きかけた時の私自身を慰（なぐさ）める為には贅沢ということが必要であった。二銭や三銭のもの——と云って贅沢なもの。美しいもの——と云って無気力な私の触角にむしろ媚（こ）びて来るもの。——そう云ったものが自然私を慰めるのだ。

生活がまだ蝕(むしば)まれていなかった以前私の好きであった所は、例えば丸善であった。赤や黄のオードコロンやオードキニン。洒落(しゃれ)た切子細工や典雅なロココ趣味の浮模様を持った琥珀(こはく)色や翡翠(ひすい)色の香水罎(びん)。煙管(きせる)、小刀、石鹸、煙草。私はそんなものを見るのに小一時間も費すことがあった。そして結局一等いい鉛筆を一本買うくらいの贅沢をするのだった。しかしここももうその頃の私にとっては重くるしい場所に過ぎなかった。書籍、学生、勘定台、これらはみな借金取の亡霊のように私には見えるのだった。

ある朝——その頃私は甲の友達から乙の友達へという風に友達の下宿を転々として暮していたのだが——友達が学校へ出てしまったあとの空虚な空気のなかにぽつねんと一人取残された。私はまたそこから彷徨い出なければならなかった。何かが私を追いたてる。そして街から街へ、先に云ったような裏通りを歩いたり、駄菓子屋の前で立留ったり、乾物屋の乾蝦や棒鱈や湯葉を眺めたり、とうとう私は二条の方へ寺町を下り、そこの果物屋で足を留めた。ここでちょっとその果物屋を紹介したいのだが、その果物屋は私の知っていた範囲で最も好きな店であった。そこは決して立派な店ではなかったのだが、果物屋固有の美しさが最も露骨に感ぜられた。

果物はかなり勾配の急な台の上に並べてあって、その台というのも古びた黒い漆塗りの板だったように思える。何か華やかな美しい音楽の快速調の流れが、見る人を石に化したというゴルゴンの鬼面――的なものを差しつけられて、あんな色彩やあんなヴォリウムに凝り固まったという風に果物は並んでいる。青物もやはり奥へゆけばゆく程堆高く積まれている。――実際あそこの人参葉の美しさなどは素晴しかった。それから水に漬けてある豆だとか慈姑だとか。

またそこの家の美しいのは夜だった。寺町通は一体に賑かな通りで――と云って感じは東京や大阪よりはずっと澄んでいるが――飾窓（かざりまど）の光がおびただしく街路へ流れ出ている。

それがどうした訳かその店頭の周囲だけが妙に暗いのだ。もともと片方は暗い二条通に接している街角になっているので、暗いのは当然であったが、その隣家が寺町通にある家にもかかわらず暗かったのが瞭然（はっきり）しない。しかしその家が暗くなかったら、あんなにも私を誘惑するには至らなかったと思う。

もう一つはその家の打ち出した廂なのだが、その廂が眼深に冠った帽子の廂のように——これは形容というよりも、「おや、あそこの店は帽子の廂をやけに下げているぞ」と思わせる程なので、廂の上はこれも真暗なのだ。そう周囲が真暗なため、店頭に点けられた幾つもの電燈が驟雨のように浴せかける絢爛は、周囲の何者にも奪われることなく、肆にも美しい眺めが照し出されているのだ。裸の電燈が細長い螺旋棒をきりきり眼の中へ刺し込んでくる往来に立って、また近所にある鎰屋の二階の硝子窓をすかして眺めたこの果物店の眺め程、その時どきの私を興がらせたものは寺町の中でも稀だった。

その日私はいつになくその店で買物をした。というのはその店には珍らしい檸檬（れもん）が出ていたのだ。檸檬など極くありふれている。がその店というのも見すぼらしくはないまでもただあたりまえの八百屋に過ぎなかったので、それまであまり見かけたことはなかった。一体私はあの檸檬が好きだ。レモンエロウの絵具をチューブから搾（しぼ）り出して固めたようなあの単純な色も、それからあの丈（たけ）の詰った紡錘形の恰好（かっこう）も。——結局私はそれを一つだけ買うことにした。それからの私はどこへどう歩いたのだろう。私は長い間街を歩いていた。始終私の心を圧（おさ）えつけていた不吉な塊がそれを握った瞬間からいくらか弛（ゆる）んで来たと見えて、私は街の上で非常に幸福であった。あんなに執拗（しつこ）かった憂鬱が、そんなものの一顆（いっか）で紛らされる——或いは不審なことが、逆説的な本当であった。それにしても心という奴は何という不可思議な奴だろう。

その檸檬の冷たさはたとえようもなくよかった。その頃私は肺尖を悪くしていていつも身体に熱が出た。事実友達の誰彼に私の熱を見せびらかす為に手の握り合いなどをして見るのだが、私の掌が誰のよりも熱かった。その熱い故だったのだろう、握っている掌から身内に浸み透ってゆくようなその冷たさは快いものだった。

私は何度も何度もその果実を鼻に持って行っては嗅いで見た。それの産地だというカリフォルニヤが想像に上って来る。漢文で習った「売柑者之言」の中に書いてあった「鼻を撲つ」という言葉が断れぎれに浮んで来る。そしてふかぶかと胸一杯に匂やかな空気を吸込めば、ついぞ胸一杯に呼吸したことのなかった私の身体や顔には温い血のほとぼりが昇って来て何だか身内に元気が目覚めて来たのだった。……

実際あんな単純な冷覚や触覚や嗅覚や視覚が、ずっと昔からこればかり探していたのだと云いたくなった程私にしっくりしたなんて私は不思議に思える——それがあの頃のことなんだから。

私はもう往来を軽やかな昂奮に弾んで、一種誇りかな気持さえ感じながら、美的装束をして街を濶歩した詩人のことなど思い浮べては歩いていた。汚れた手拭の上へ載せて見たりマントの上へあてがって見たりして色の反映を量ったり、またこんなことを思ったり、

——つまりはこの重さなんだな。——

その重さこそ常づね私が尋ねあぐんでいたもので、疑いもなくこの重さは総ての善いもの総ての美しいものを重量に換算して来た重さであるとか、思いあがった諧謔心からそんな馬鹿げたことを考えて見たり——何がさて私は幸福だったのだ。

どこをどう歩いたのだろう、私が最後に立ったのは丸善の前だった。平常あんなに避けていた丸善がその時の私には易(やす)やすと入れるように思えた。

「今日は一(ひと)つ入って見てやろう」そして私はずかずか入って行った。

TRADE M MARK
Z P MARUYA & CO LTD
THA MARUZEN KABUSHIKI KAISHA
BRANCH OFFICE
BOOKSELLERS & STATIONERS
丸善株式會社京都支店

しかしどうしたことだろう、私の心を充していた幸福な感情はだんだん逃げて行った。香水の壜にも煙管にも私の心はのしかかってはゆかなかった。憂鬱が立て罩めて来る、私は歩き廻った疲労が出て来たのだと思った。私は画本の棚の前へ行って見た。画集の重たいのを取り出すのさえ常に増して力が要るな！と思った。しかし私は一冊ずつ抜き出しては見る、そして開けては見るのだが、克明にはぐってゆく気持はさらに湧いて来ない。しかも呪われたことにはまた次の一冊を引き出して来る。それも同じことだ。それでいて一度バラバラとやって見なくては気が済まないのだ。それ以上は堪らなくなってそこへ置いてしまう。以前の位置へ戻すことさえ出来ない。私は幾度もそれを繰返した。とうとうおしまいには日頃から大好きだったアングルの橙色の重い本までなお一層の堪え難さのために置いてしまった。——何という呪われたことだ。手の筋肉に疲労が残っている。私は憂鬱になってしまって、自分が抜いたまま積み重ねた本の群を眺めていた。

以前にはあんなに私をひきつけた画本がどうしたことだろう。一枚一枚に眼を晒し終わって後、さてあまりに尋常な周囲を見廻すときのあの変にそぐわない気持を、私は以前には好んで味っていたものであった。……

「あ、そうだそうだ」その時私は袂の中の檸檬を憶い出した。本の色彩をゴチャゴチャに積みあげて、一度この檸檬で試して見たら。「そうだ」

私にまた先程の軽やかな昂奮が帰って来た。私は手当り次第に積みあげ、また慌しく潰し、また慌しく築きあげた。新しく引き抜いてつけ加えたり、取去ったりした。奇怪な幻想的な城が、その度に赤くなったり青くなったりした。

やっとそれは出来上った。そして軽く跳りあがる心を制しながら、その城壁の頂きに恐る恐る檸檬を据えつけた。そしてそれは上出来だった。

見わたすと、その檸檬の色彩はガチャガチャした色の諧調をひっそりと紡錘形の身体の中へ吸収してしまって、カーンと冴えかえっていた。私は埃っぽい丸善の中の空気が、その檸檬の周囲だけ変に緊張しているような気がした。私はしばらくそれを眺めていた。

不意に第二のアイディアが起った。その奇妙なたくらみはむしろ私をぎょっとさせた。

——それをそのままにしておいて私は、何喰わぬ顔をして外へ出る。——

私は変にくすぐったい気持がした。「出て行こうかなあ。そうだ出て行こう」そして私はすたすた出て行った。

変にくすぐったい気持が街の上の私を微笑ませた。丸善の棚へ黄金色に輝く恐ろしい爆弾を仕掛て来た奇怪な悪漢が私で、もう十分後にはあの丸善が美術の棚を中心として大爆発をするのだったらどんなに面白いだろう。

私はこの想像を熱心に追求した。「そうしたらあの気詰りな丸善も粉葉みじんだろう」

そして私は活動写真の看板画が奇体な趣きで街を彩っている京極を下って行った。

※本書には、現在の観点から見ると差別用語と取られかねない表現が含まれていますが、原文の歴史性を考慮してそのままとしました。

乙女の本棚シリーズ

［左上から］

『女生徒』太宰治 + 今井キラ／『猫町』萩原朔太郎 + しきみ
『葉桜と魔笛』太宰治 + 紗久楽さわ ／『檸檬』梶井基次郎 + げみ
『押絵と旅する男』江戸川乱歩 + しきみ／『瓶詰地獄』夢野久作 + ホノジロトヲジ
『蜜柑』芥川龍之介 + げみ／『夢十夜』夏目漱石 + しきみ ／
『外科室』泉鏡花 + ホノジロトヲジ ／『赤とんぼ』新美南吉 + ねこ助
『月夜とめがね』小川未明 + げみ ／『夜長姫と耳男』坂口安吾 + 夜汽車
『桜の森の満開の下』坂口安吾 + しきみ／『死後の恋』夢野久作 + ホノジロトヲジ
『山月記』中島敦 + ねこ助／『秘密』谷崎潤一郎 + マツオヒロミ
『魔術師』谷崎潤一郎 + しきみ／『人間椅子』江戸川乱歩 + ホノジロトヲジ
『春は馬車に乗って』横光利一 + いとうあつき／『魚服記』太宰治 + ねこ助
『刺青』谷崎潤一郎 + 夜汽車／『詩集『抒情小曲集』より』室生犀星 + げみ
『Kの昇天』梶井基次郎 + しらこ／『詩集『青猫』より』萩原朔太郎 + しきみ
『春の心臓』イェイツ（芥川龍之介訳）+ ホノジロトヲジ
『鼠』堀辰雄 + ねこ助／『詩集『山羊の歌』より』中原中也 + まくらくらま

全て定価：1980円（本体1800円+税10%）

『悪魔　乙女の本棚作品集』
しきみ

定価：2420円（本体2200円+税10%）

檸檬

2017年 7月20日　　第1版1刷発行
2025年 1月10日　　第1版9刷発行

著者　梶井 基次郎
絵　げみ

発行人　松本 大輔
編集人　橋本 修一
デザイン　根本 綾子(Karon)
担当編集　切刀 匠

発行：立東舎
発売：株式会社リットーミュージック
〒101-0051 東京都千代田区神田神保町一丁目105番地

印刷・製本：株式会社広済堂ネクスト

【本書の内容に関するお問い合わせ先】
info@rittor-music.co.jp
本書の内容に関するご質問は、Eメールのみでお受けしております。
お送りいただくメールの件名に「檸檬」と記載してお送りください。
ご質問の内容によりましては、しばらく時間をいただくことがございます。
なお、電話やFAX、郵便でのご質問、本書記載内容の範囲を超えるご質問につきましてはお答えできませんので、
あらかじめご了承ください。

【乱丁・落丁などのお問い合わせ】
service@rittor-music.co.jp

Printed in Japan　ISBN978-4-8456-3056-1
定価はカバーに表示しております。